11월엔
바람소리도 시를 쓴다

11월엔 바람소리도 시를 쓴다

김명수 시집

지은이 | 김명수
펴낸곳 | 도서출판 시아북(詩芽Book)
발행일 | 2021년 5월 7일

출판등록 | 2018년 3월 30일
주소 | 대전광역시 동구 선화로214번길 21(3F)
전화 | (042) 254-9966, 226-9966
팩스 | (042) 255-5006
E-mail | daegyo9966@hanmail.net

값 12,000원

ISBN 979-11-91108-05-7

* 이 책은 대전문화재단의 21문화예술육성지원사업 기금의 일부를 지원받아
  제작하였습니다

11월엔
바람소리도 시를 쓴다

김명수 시집

시아북
詩兒BOOK

아직도 갈 길이 멀다

나이가 들어가면서 날이 갈수록 쓸쓸함과 외로움이 겹쳐 온다. 그럴 때마다 나는 내 곁에 시가 있다는 것이 고맙고 또 고맙기만 하다.

오늘도 서쪽 하늘이 그려 놓은 아름다운 노을을 바라보면서 작은 풀꽃과 여린 풀잎 우둔한 상수리나무와 느티나무 사철 푸른 소나무까지 곁에 두고 있으면 그들은 내 곁의 빈 행간 속에 한 줄의 시가 되고 친구가 되어 위로의 말을 전한다. 그래 우리들의 인생도 모두 저 아름다운 노을을 닮아 갔으면 좋겠다 하면서

지난번 시집 아름다웠다는 아내가 떠난 후의 아픔과 슬픔, 아쉬움과 후회, 그리고 삶의 번뇌와 그리움들이었다면 이번 시집은 추억과 사랑 서정적 낭만 그리고 행복 그런 것들이 함께 어우러져 있다. 지금까지 여섯권의 시집을 내면서 깨달은 것이 있다면 나는 아직도 갈 길이 멀다는 것이다. 그래서 나는 지금도 목마르다. 그래서 열심히 시작에 매달리고 있다. 그건 아마도 나의 숙명 같은 것이기에.

퇴임 이후 좋은 것 중 하나는 날마다 마음 놓고 시를 쓸 수 있다는 것이다. 못 다한 여행도 하고, 하고 싶은 공부도 마저 다 해야 하는데 어떻게 학교에 근무 할 때보다 백수일 때가 더 바쁘다는 선배들의 말이 실감 날 정도로 정말 바쁘고 또 바쁜 나날을 보냈다. 한 동안 집안의 우환으로 모든 것을 잠시 쉬기는 했지만 어느 날 보내 준 그 사람의 채찍이 더 많은 시, 더 좋은 시를 쓸 수 있는 계기가 되었다.

속칭 '아픈 만큼 성숙해지고'라는 구절이 생각난다. 이는 나뿐만 아니라 이 세상 누구라도 아프고 괴롭고 힘든 순간을 잘 이겨내면 그 만큼 성숙해진다는 데서 오는 말일 것이다. 지난 시집 아름다웠다는 슬프고 어둡고 우울한 이야기가 많아서 이번 시집은 그런 분위기를 벗어나려고 애를 썼다. 살아 가는 모든 것들에 대하여 긍정적으로 생각하고 사랑하고 희망을 가져야 한다. 늘 따스함과 사랑을 주는 사람들 풀꽃들 나무들 자연 속에서 느낄 수 있는 유무형의 소재들, 그들이 모두 내 작품의 대상이다. 때로는 기대에 못 미치는 작품도 있겠지만 사랑의 마음 가득 담아서 이 시집을 세상에 내 놓는다. 이 시집의 모티브가 되고 있는 자연과 사물 그리고 사람과의 만남 시적 영감을 주는 모든 순간들에 감사한다.

시를 쓰는 사람들의 소망 중 하나는 좋은 시를 빚어 내는 일이다. 조금 더 고급스럽게 말을 해 본다면 절창할 수 있는 시 하나쯤 만들어 내는 일이다. 이는 하루아침에 되는 것이 아니지만 열심히 쓰고 또 쓰다 보면 절창 할 수 있는 시 하나가 오지 않을까. 그래서 오늘도 마당에 있는 꽃과 나무들과 수다를 떨면서 새로운 영감으로 쓰고 또 쓰기를 반복한다.

바쁜 일정 중에 서평을 써 주신 이은봉 시인께 감사드리면서 겨울이 오기 전 바람소리만 들어도 시가 나올 것 같은 11월의 바람을 사랑한다.

2020년 11월 쓰고 2021년 5월 펴내다.

김명수

제1부

외로움도 꽃을 피운다

고추장떡 ____ 13

얼굴 ____ 14

꽃씨를 뿌리며 ____ 16

쇠똥구리 ____ 17

11월엔 바람소리도 시를 쓴다 ____ 18

홍시 ____ 20

어느 가을날 ____ 21

대청호 ____ 22

망초꽃 ____ 24

이제 사랑할 수 있어요 ____ 25

고독 ____ 26

원앙새 ____ 28

어떤 사랑 ____ 29

미안해 ____ 30

여름밤 ____ 31

여권 사진 ____ 32

억새 춤 ____ 33

외로움도 꽃을 피운다 ____ 34

아, 내 사랑 ____ 36

창문을 열며 ____ 37

별 하나 ____ 38

마음속의 거울 ____ 40

제2부
겨울 수채화

가을 사랑 —— 43

겨울 바다에 갔었네 1 —— 44

겨울 바다에 갔었네 2 —— 46

겨울 바다에 갔었네 3 —— 47

청풍정 소묘 —— 48

장사도에서 —— 50

꽃잎 한 장 —— 51

슬픈 목가 —— 52

겨울 수채화 —— 53

겨울 바다에 갔었네 4 —— 54

편지 —— 55

꽃을 보다 —— 56

돌탑을 쌓으며 —— 57

나뭇잎 시 —— 58

첫눈 —— 59

혼밥 —— 60

햇살 —— 61

비우기 —— 62

구절초 —— 63

시 —— 64

겨울 바다에 갔었네 5 —— 66

겨울밤 —— 67

어쩌냐 —— 68

가을이 가네 —— 70

제3부

호수에 눈이 내리면

가을에 —— 73

들꽃 편지 —— 74

다시 첫 눈 —— 75

눈물 —— 76

겨울 시래기 —— 77

대숲에 달빛이 내리면 1 —— 78

대숲에 달빛이 내리면 2 —— 79

소쇄원 —— 80

겨울 금강 —— 81

찔레꽃 피면 —— 82

아, 노을 —— 83

나의 사랑은 —— 84

불빛 —— 85

겨울이 왔어요 —— 86

시여 시인이여 —— 87

내 사랑은 —— 88

겨울 동화 —— 89

12월의 꿈 —— 90

금강하구 —— 91

12월, 다시 첫 눈 —— 92

모시옷 사랑 —— 94

배롱나무를 심으며 —— 95

재생 —— 96

겨울바람 —— 97

봄꽃 —— 98

제4부
이제 사랑을 할거야

동지 ____ 101
아픈 겨울 ____ 102
백자 항아리 ____ 104
그리움 ____ 105
신성리에서 ____ 106
겨울산책 ____ 107
청풍정 2 ____ 108
선운사 ____ 109
선수암 가는 길 ____ 110
등불 ____ 112
황태덕장 ____ 114
자귀나무 꽃 ____ 116
제비꽃 ____ 118
고요 ____ 119
가을 산길 ____ 120
옛터 ____ 122
풀잎에게 ____ 124
불면증 ____ 125
감자 한 알 ____ 126

[해설] ____ 129
토속, 유년, 고향, 어머니, 자연, 겨울의 의식지향
— 김명수金明洙의 시세계
이은봉(시인, 광주대 명예교수, 대전문학관장)

제1부

외로움도 꽃을 피운다

11월엔
바람소리도 시를 쓴다

제1부 외로움도 꽃을 피운다

고추장떡

앞마당 툇마루 위에
가을 햇살이 다소곳 모여 있다
어머니의 고추장떡이 몸을 말리고
덤으로 안겨 준 생일 떡 한 접시에
벌써 목이 메인다

해마다 가을 떡 하는 날
왕 시루 속 윗 층은
누렁 방콩 듬뿍 덮은 엄마표 고추장떡
아랫 층은 왕 팥고물 숭숭 뿌린
생일 축하 멥쌀 찹쌀 혼합 떡이다

그 곳엔 어머니의 모세혈관이 보인다
가을이 되면 목이 메이는 추억
한 겨울 폭설에도 모락모락 피어 오르는
그리운 모태 온도
고추장떡 하는 날 내 뿜던
시루 속 그 하얀 입김
가을 하늘에 그린
바다보다 깊은 어머니 속마음이다

얼굴

생선 장사 합죽 할머니*가 새벽같이
광천 장에 누워 있는 생선들을
머리에 가득 이고 왔다
동해바다 동태 고등어
서해바다 오징어 조기 갈치 황석어
합죽 할머니 광주리 위에서
바람과 파도가 출렁이고 있었다

만년 단골손님 어머니는
싱싱하고 잘 생긴 것만 골라
쌀 한 됫박과 바꾸고
부엌 항아리 속에
소금 한 주먹씩 뿌리며
파도소리를 재운다
생일날, 제삿날 그리고 사위 오는 날
올리는 귀한 상차림을 위해

합죽 할머니 광주리에선
밤새 만선으로 귀항한 어부들의 함성이
파도와 어우러진다

고등어 등 위에서 미끄러진 햇살이

만선을 축하하는 듯

서로 부둥켜 안고 손을 흔든다

* 생선장수를 하던 이웃집 할머니는 새벽같이 일어나 광천장에 가서 생선을
  광주리에 가득 이고 와서 팔곤 했는데 동네 사람들은 이 할머니를 합죽
  할머니로 불렀다.

꽃씨를 뿌리며

새로운 꿈을 꾼다
사시사철 꽃피는 동산 만드는 것
그들과 함께 아침을 맞고
그들과 함께 기도하고
그들과 함께 걷는다

그 봄 날 꽃비가 내리면
노래도 하고
춤도 추고
사랑하는 사람 보러갈 거다
기약 없는 시간 속에
그날을 위한 꿈이
꽃씨 속에서 피어 난다

수많은 시간들이 축적된 그림 속엔
호수처럼 큰 눈을 한 나의 꿈이
고요하게 피어날지니

쇠똥구리

살아갈 집을
똥으로 만드는 놈이 있다
저보다 큰 똥집을 짓고
새로운 생명의 씨앗을 넣는다
세상에서 가장 청결한 집이다

쇠똥구리는 세상 눈치를 보지 않는다
우직하고 근면한 삶의 방식이
일상이 되었을까
아 이제 알았다
밤낮을 가리지 않고
구르면서 사는 이유
애벌레가 똥만 먹고 사는 이유
똥보다 못한 놈에게
자격지심을 들게 하는
쇠똥구리, 말똥구리의 지혜
이제 그들은 눈치를 챘을까

11월엔 바람소리도 시를 쓴다

가을 날 흔들리면서 떨어지는 나뭇잎에선
시 읊는 소리가 들린다
가만히 귀대고 들어 보면
바람이 한 묶음 들어 있는 것 같고
자세히 들여다 보면
햇살이 빼곡히 앉아 있는 것이 보인다

은행잎 위엔 은행잎만큼
단풍잎 위엔 단풍잎만큼
그리고 참나무 잎엔 참나무 잎만큼

오늘은 나뭇잎 위에 앉은 바람이
자꾸 시 읊는 소리를 내고 있다
나뭇잎이 노랗게 빨갛게 물드는 소리
나뭇잎끼리 속살 부딪는 소리
나뭇잎끼리 깊은 사랑에 빠지는 소리

아 그래 이제 알았다
너희들도 11월엔 시를 쓰는 구나
흔들리는 만큼

물드는 만큼

서로 사랑하는 만큼

시를 읊는구나

시를 쓰는 11월의 바람소리

11월의 바람소리는 그렇게 시를 쓰는 구나

홍시

가을엔 홍시 속에 그림이 보인다

홍시 속에 그려지는 어머니 얼굴

홍시 속에 봄 여름 가을이 함께 익었다

홍시 속에 수많은 비와 바람 그리고 햇살까지

홍시 속에 가득한 그리움의 시간들

홍시 속에 넣어둔 수많은 비밀

그 속에 내 사랑도 함께 익어 갈까

어느 가을날

가을날

지는 꽃잎 위에 내려앉는 햇살을 보았니?

어느 것은 꽃잎을 활짝 펴본지 오래

어느 것은 이제 막 피기 시작했고

어느 것은 아직 준비 중인데

간밤에 내린 무서리 때문에

이제 그만 멈출 수밖에

곱디고운 그 모습들이

내 가슴에 펴기도 전

더욱 환해지고 예뻐지고 뽐내고 싶은데

가을바람타고 살랑거리고 싶은데

이제 그만 문 닫는 가을 때문에

나도 이 역에서 내려야할까 봐

그래도 햇살은 공평해

지는 꽃잎들에게도 안기고

정말 가을은

애주가의 술상위에 조용히 다가오는

그리움 덩어리인가 봐

대청호

– 그리움

석호리* 사람들의 그리움이
호수 속에서 별을 만들었습니다
집도 고향도 조상도 부모 형제도
호수 속에서 솟아 납니다
지난 40년 동안 그린 그림입니다

오늘은 호수 속에
별이 가득 차 올랐습니다
고향 떠난 사람들이
별이 되어 돌아왔습니다
떠날 때 아팠던 가슴들엔
세월이란 치료약이 들어 있습니다

호수는 떠난 사람들이 올 때마다
가슴 한 편 내어주고
그들의 그리움은
어느 새 별이 되어
고향의 품에 안깁니다

* 옥천군 군북면에 있는 마을, 대청호가 생기면서 마을 일부가 수몰되고 그
  곳을 떠난 사람들이 해마다 찾아 와 호수 속의 마을에서 하룻밤을 자고
  간다.

망초꽃

아주 작은 바람에도
유난히 흔들리는 망초꽃대를 보고
이별의 때가 왔음을 알았습니다
서녘 해 노을에 묻혀
슬프게 지는 몸짓에서
그리움의 세계를 알았습니다
이별과 그리움을
반복하면서도
다시 또 이별을 하고
그리워합니다
바람이 주는 선물입니다

이제 사랑할 수 있어요

그래요
난 사랑을 피해 다녔어요
그건 나에게 너무 사치였으니까요
모든 게 아쉽고 힘들고 그리웠는데
어느 덧 상처가 아물고 있네요
그러나 아직도 난 몰라요
지금도 그냥 아프니까요
가슴이 먹먹하고
숨이 막히고
하늘이 노랗게 보여요
하지만 난 알아요
앞을 가리운 희미한 안개가
사라질 거라는 것을
다시 햇살이 오고
소슬한 바람도 불거라구요
그래서 이젠 사랑할래요
그냥 사랑하면서 살래요

고독

산행을 했다
바위틈에 외롭게 뿌리 내린
그 소나무 곁에 앉았다
잠시 눈을 감는다
하늘 향해 가장 가까이
외롭지만 외롭지 않게
쓸쓸하지만 품위 있게
어둠 속을 홀로
모진 바람을 견디고 있었다

오늘은 세상 밖으로
헤엄쳐 가고 싶다
번데기가 껍질을 벗어나듯
외딴 섬 등대에서
햇살로 가득 채워진
빈 항아리 속으로
강물로 채워진
그 바다 위로
들어가고 싶다
하루쯤은 바람도 묶어 놓고

햇살도 묶어 놓고

나의 노래를 띄우고 싶다

원앙새

오렌지 색 깃털 위로
가을 햇살이 졸고 있다
참나무 빈 가지에
사랑 하나 걸어 놓고
나를 따라
노래만 한다

어떤 사랑

아무것도 보이지 않아
파란 하늘만 보여
내가 기도 할 때도
내가 잠을 잘 때도

보이는 건 오직 하나
파란 하늘 속
흔들리는 나뭇가지
나뭇가지 위에 수놓은 달빛
달빛 속에 숨은 얼굴
그대 마음속에
꿀단지처럼 들어앉은
내 마음의 영혼 하나

미안해

참 미안해
그 때는 들길을 걸으며
들꽃을 보고 그냥 지나쳤어
산길을 걸으며
그 멋진 바윗돌이 안 보였어
다시 갈 수 있을까
예쁜 들꽃이 있던 길
그 멋진 바윗돌이 있던 산

그 때 그 길의 예쁜 애들
다시 볼 수 있을까
그 향기 날아가진 않았을까
갑자기 목이 마르다
미안해
너를 힘껏 안아주지 못했던 거
벌써 산 노을이 지고 있네

여름밤

달빛이 오늘따라 수줍어한다
풀벌레 울음이 달빛을 만나면
약속이라도 한 듯
엄마의 애창곡 찔레꽃이
가슴을 적신다

바람이 달빛에 앉아
박자를 맞춘다
음표가 바람 따라 미끄러지면
하늘로 오르는
하얀 찔레꽃

어머니 목소리를 닮았다

여권 사진

여권 사진을 찍었다
바른 자세 바른 얼굴로
사진기사 손짓 말 짓 따라
내가 만들어 진다
나라밖을 나가는데
이게 필요하댄다
나임을 증명하는 거
나라가 증명하는 거
아들도 딸도 부모도 아닌

갑자기 나의 족보가
의심스러웠다
생각해보니 족보 속에는
내 얼굴이 안 보인다
나라 속의 공간에 존재하는
사이버 인간이다

억새 춤

호숫가에서 만났다
새색시 발걸음 같은 춤사위
푸른 하늘에
은빛 날개로 그림을 그리는 억새무리들
새들의 노래 소리에 맞춰
누군가의 슬픔을 하늘로 날리는
누군가의 기쁨을 세상에 알리는
은빛 날개 속에 숨겨둔 햇살이
신비롭게 춤을 추는
정겨운 노래가
바람의 심장 속에서
마음껏 머리를 흔들며
가을빛을 풀어 올린다
호숫가 가득
신들린 무당처럼
때로는 어린아이처럼

외로움도 꽃을 피운다

산중에 혼자 있으니
모두 내려 오라한다
좋은 곳 놔두고
사서 고생한다고
그런데 모르는 게 하나 있다
산중에 있으니
내가 꽃을 피울 수 있다는 것을
외로우니까
나뭇잎 풀잎 나무 참새 이름 모를 풀꽃
그 흔한 것들이
모두 내 친구라는 것
그 중에서 내가 왕이고
내가 대장이고
내가 졸병이고
나 혼자 장구치고 북치는 것
그게 참 맛이라는 것
그 속에서 내가 꽃이라는 것
날마다 그들로부터 위로 받고
그들로부터 사랑 받는다는 것
나만이 그들 몸에서 가지 끝까지

다독여 줄 수 있다는 것

그래서 내가 꽃을 피운다는 것이다

아, 내 사랑

밤 새워 흘린 눈물 속에
내 사랑이 들어 있다
아직 시들지 않은 채
아직 갈 곳을 모르는 채
눈물 속에 가득 머물고 있다
나는 풀잎의 가슴 속에
나무의 마음속에 산다
풀잎의 이슬 속으로 들어가면 만날까
나무의 물관을 타고 오르내릴까
어디쯤에 정착 할 수 있을까
미지의 세계 속에 있을까
오늘은 저녁 달빛을 타고 내려 와
당신 집 앞을 서성인다
사랑한다는 것은 눈물을 키운다는 것
슬픔도 키운다는 것
아, 내 사랑
그러나 때로는 버려야 할 것

창문을 열며

창문을 열면

산과 들이 한꺼번에

방안으로 들어 온다

숨도 안 쉬고

주인에게 허락 받을 것도 없이

지나는 바람을 붙잡는다

햇살이 문 앞에서 잠시 서성이고

저녁엔 달과 별들도 불러야 겠다

나의 창문은 그들의 안식처

나는 그들의 친구

시간이 갈수록 정이 들고

사랑하게 되었다

이제 풀벌레와 새들까지 한 식구이니

모두 함께 모여

다정한 오케스트라 연주를 꿈꾼다

별 하나

가슴에 별 하나를 묻었다
체온이 따뜻하다
그 수많은 별 중에
내 가슴에 온 별 하나
사랑받고 싶어
하늘만큼 땅만큼
별은 나를 떠날 수 있을까
그렇다면 너무 슬플거야
슬픔은 모두 땅속에 묻을 거야
튼튼한 편지봉투 속에 넣고
모두 밀봉할거야
그리고 함께 산을 오를 거야

오늘은 별을 안고 걸어야겠다
백사장도 걷고
들길을 건너 호숫가 산길
하늘도 날아 볼 거다
아 벌써부터 별의 노래 소리가 들려
별의 숨소리가 가빠지고 있어

나를 기다리는 것일까
내 가슴도 뛰어

마음속의 거울

마음속을 다 꿰뚫어 본다고
거울 속의 내 마음이 말한다
이제는 안 기다릴거야
하루에도 수없이 다짐하면서
정작 핸드폰을 들여다보는
이상한 습관성

제2부

겨울 수채화

11월엔
바람소리도 시를 쓴다

제2부 겨울 수채화

가을 사랑

가을엔 우리 사랑 할까요
지는 낙엽을 품에 안 듯이
당신도 나의 품에 안겨볼까요
외로움 그리움 모두
가슴에 묻고
가을 속으로 함께 걸어 볼까요
나뭇잎이 다 지기 전에
꽃들이 모두 시들기 전에
저 푸른 하늘까지
모두 사랑 할까요
그래요 저 호수에 빠지는
별빛 달빛 모두를 사랑할래요
이 가을이 가기 전에

겨울 바다에 갔었네 1

─ 대천에서

겨울바다에 갔다
파도가 바다를 끌고
내 가슴으로 마구 밀고 들어 온다
바다가 파도를 머리에 이고
소용돌이친다

파도가 백사장으로 뛰어 와
숨 가쁘게 들어 눕는다
나는 파도를 마음껏 안아 주고
바다를 토닥여 준다

겨울바다는 슬픔을 파도에 녹인다
하얀 포말을 일으키며
내 마음속의 아픔도 삼킨다
때로는 기쁨을 파도에 싣는다
이글거리며 떠오르는 태양을 떠받들고

오늘은 파도가
높고 낮은 음표들을 만든다
오늘 따라 파도소리는

슬픔과 기쁨을 마음껏 요리하는

신들린 주방장이다

겨울 바다에 갔었네 2

겨울 바다가 노래하고 있는 줄은

대천 앞바다에 와서 처음 알았다

파도 속에 감춰진 노래가

오선지 위에서 춤을 춘다

수십 수 백 명의 코러스보다

아름다운 소리다

백사장 가득 토해 내어

아픈 사람들의 상처를 치유하고 있다

맨발로 걷는 연인들의 발밑으로 들어 가

사랑을 일깨워 주기도 하고

연인들의 꿈속에서

노래를 부른다

겨울 바다는 사랑의 바다

바다를 옆에 끼고

파도가 들려 주는 노래를 벗 삼아

꿈속에서도 시를 쓰고 싶다

세상 밖으로 나가

내 가슴 속의

사랑 노래를 부르고 싶다

겨울 바다에 갔었네 3

이른 새벽
바다 위를 성큼성큼 걸었다
파도가 반주를 하는 동안
발자욱이 열심히 뒤를 따라 온다
그동안 슬펐던 마음들이
바다 위에서 안개처럼 흩어지고
외로운 마음들이 파도와 뒤섞여
모래 위에 뒹굴고
멀리 수평선 위 다가 오는 시간들이
빨간 장미꽃처럼
떨리고 눈부시다
이 나이에도 떨림과 눈부심이 있을까
나에게 반문하는 동안
바람은 나의 상상까지 싣고
하늘로 하늘로 솟는다
백사장에는 또 다른 연인들이
분홍색 발자욱을 만들어 내고
나는 잃어버린 영혼을 찾아
연신 그 파도위에서
향기로운 미소를 보낸다

청풍정* 소묘

물안개 가득한 청풍정에 오면
산머리를 돌아
호수를 적시고 온
맛있는 바람을 만난다
가슴 깊숙이 들어 와
찌든 폐를 걸러 내고 가는
그의 뒷모습
참 가슴이 아리다

저만치 산 중턱을 휘감은
물안개의 요염함
춘향의 치맛자락을 닮았다
청풍정 누각에 있는 석가래에선
밤새운 낚시꾼들의 헛기침 소리
기운찬 잉어의 물 차오르는 소리
뚝뚝 떨어지고

조요롭게 출렁이는
호수 물여울소리
대청호의 아침이 신비롭다

오늘 같이 물안개 가득한 청풍정에는

꼭꼭 싸 두었던

그들만의 은밀한 사생활들이

아름다운 정경으로

크로오즈업 된다

* 청풍정, 석호리 호숫가에 있는 정자 이름. 구한말 김옥균이 잠시 피정 와
  있던 곳으로 아름다운 경치를 지니고 있다.

장사도에서

동백나무 숲 사이
초록바람이 가득하다
파도에 부딪혀 올라 온 햇살이
하얀 포말을 그린다
지난 겨울 내내 꿈을 키운 봄빛
야훼나무 잎새 위에서
더욱 싱그럽다
쟈스민과 비비추 사이
보이는 그리운 얼굴
장사도 동백꽃잎 속에 숨었다
꽃잎 위에 잠시 쉬었다 가는 바람들
오늘은 누구 사연을 전해줄까
장사도 둘레길 나뭇가지사이
혼자된 자유로운 영혼 하나
파도소리에 눈을 감는다
장사도는 바다위에 떠 있는
커다란 한 척의 배
홀로 노를 저어 간다

꽃잎 한 장

추운 겨울 날
꽃잎 한 장 덮고
잠을 잤네
꽃잎 속에 가득한

봄의 향기
봄의 온도
봄의 색깔
이제 알았네

나는 오래 오래
그냥 지금처럼
그 꽃잎 속에서
고운 꿈 꾸고 싶네

슬픈 목가牧歌

호수 곁에 서 있으면
나뭇잎들의 슬픈 속삭임이 들린다
지난 여름 날의 화려함
가을날의 아쉬움
이 겨울의 스산함까지
호수는 용케도 그 속삭임을 듣고
작은 찰랑거림으로 곡을 쓴다
어느 땐 내림표가 붙은 단조로
오늘은 올림표가 붙은 장조로
가는 계절을 보낸다
그 속에 내 나이도 들었고
지난 시간들이 색칠되어 있다
바람도 계절도
그들의 인생도
악보 속의 리듬을 타고
겨울 산을 넘는다

겨울 수채화

은빛 호수위로 겨울바람이 내린다
쏟아지는 별빛을 안고
가을과 겨울, 겨울과 봄의 경계 위에
마른 나뭇가지들이 손을 흔든다
지금 막 시베리아로부터 날아 온 철새들이
호수 위에서 진을 치고
접었던 새로운 시간들을 펼친다
마른 억새들이 하얀 깃을 흔들며
겨울 입구에서 그들을 환영하고
쉬임 없이 쏟아지는 함박눈
겨울 강이 껴 안는다
그들은 오래전부터 연인이었을까
지금도 사랑하고 있을까
겨울이 그려 놓은 수채화속으로
나는 오늘도 여행을 떠난다

겨울 바다에 갔었네 4

– 대천에서

밤새 눈이 내리고 있었다

일기예보가 신들린 무당 같다

겨울 바다는

수 많은 눈송이들을

가슴으로 안고 뜨거운 사랑을 한다

그 어느 곳 보다 편안한 안식처

겨울 바다

이제 용서 할 것도 없으니

꾸중 할 것도 없다

그냥 포용 하면 되는 것

저물어가는 한 해의 끝자락에서

다시 반성문을 쓴다

함박눈이 내리는 날

마음 아픈 사람들을 위로하기

딱 좋은 선물

게을렀던 거

오만 했던 거

그리고 시간을 낭비한 죄

고해 성사 하는 날이다

편지

– 나의 별에게

오늘은
사랑한다는 말 가득 실은
빨간 우체통을 들고 올 겁니다
첫 눈 내리는 바닷가를 걸으며
설레임 가득 들어 있는 하얀 눈송이들을
마음껏 안아 봅니다
편지 봉투 속엔
파도와 첫 눈이 가득 들어 있고
커다란 눈망울 속에 감춰진
그대의 눈물이
사랑의 메신저로 다가 옵니다
밤새 내린 눈 위로
사랑의 첫 발자욱을 남긴 연인들이
지난간 뒤
내 사랑을 가득 담은
빨간 우체통을 등에 지고
나도 그 발자욱을 따라 갑니다

꽃을 보다

– 겨울 장미

이 추운 겨울
아침 햇살을 가득 안고 있는
꽃을 보고 묻는다
어디에서 왔니?
그 화려한 빛
부드러운 꽃잎
은은한 향기
한데 모았다가 숨겼다가
활짝 펼쳐 놓는
너의 지혜
너의 속살
너의 사랑
고루고루 키우고 아끼고
그렇게 속내를 보여 주는가
가시 속에도 사랑이 가득해
가슴에 대보고
심장의 박동소리를 듣고
네 고운 마음에
잠시 취한다

돌탑을 쌓으며

돌을 쌓는다
날마다 공을 들이는 일 하나
누구를 위한 것일까
돌 하나 위에 마음을 얹는다
돌 위에 돌
그 돌 위에 또 하나
마음 위에 또 마음
높이 오를수록
가까워지는 하늘
그리고 설레임

이마에 땀이 솟는다
손 안에 쥔 돌멩이도 땀이 난다
꼭대기에 놓일 돌멩이 하나
내 오른 손 끝에서 떨고 있다
난 다시 용기를 내고
마지막 돌멩이 하나에
기도하는 마음을 싣는다

나뭇잎 시

가을바람을 붙잡아
시 한 편 쓰게 했다
노란 은행잎 위에
햇살보다 더 따뜻한 시
바람보다 더 정겨운 시
별빛 보다 더 그리운 시

사랑을 가득 담은 시
지나는 시간을 붙잡아
또 한 편의 시를 쓰게 했다
여기 까지 함께 온 벗에게
인생의 화폭을 채울 수 있는
상처를 치유하는 시
슬픔을 어루 만져 주는 시
행복을 가져다 주는 시

시와 나뭇잎의 약속이었다

첫눈

올해도 첫눈이 내렸습니다
그냥 마음이 설레입니다
누군가를 만날 것 같고
소원이 이루어질 것도 같습니다

세상은 하얀 도화지입니다
첫 번째 그림을 그립니다
그림이 눈 속에 묻히고
두 번째 그림을 그립니다

이번엔 시 한 편 썼습니다
시 속에 사랑도 그렸습니다
사랑 속에 그리움도 그렸습니다
그냥 마음이 아려옵니다

혼밥

어느 날부터인가
나는 혼자 밥을 먹고 있었다
살기 위한 최소한의 투쟁이다
창 넘어 기웃대는 햇살이
안부를 묻는다
문틈으로 들어 온 바람이
옷깃을 흔든다
마당가 마른 나뭇가지 위 새들이
친구하자고 부른다
문밖에 쪼그리고 있는 강아지
나를 보는 눈이 측은지심이다
나는 어느 새
그들의 걱정거리가 되어 있었다

밥그릇 위에
노을이 내려앉고 있었다

햇살

호숫가 물결 속에서 출렁이는
햇살 한 바가지 떠 왔다
창밖에 기웃 거리고 있기에
손바닥을 펴고
한 참을 놀아 주었다
고향 가는 길섶에
무더기로 앉아 있기에
쪼그리고 앉아 물었다

날마다 부모님 산소에
한 참을 머물러줘 고맙고
풀잎 위 이슬 속에
보석같은 눈물 그렁그렁
너무 사랑스럽다
저녁 노을 산을 넘는 구름 사이
빗살 같이 누운 모습
고운님 머릿결 같아
꼬옥 안아주고 싶다

비우기

동짓달 열 나흘 날 달빛이
하얗게 얼은 채
산기슭에 걸쳐 있다
숨 가쁘게 또 한 해를 보내는
나의 빈주먹에는
바람소리만 가득하다
무엇을 그렇게 잡으려 했던가
무엇을 얼마만큼 채우려 했던가
속절없는 시간들이
일년 내내 내 주변을 맴돌고
난 빈 수레만 끌면서
예까지 오지 않았던가
그래서 춥다
목도 시리고 배도 고프다
그런데 왜 그럴까
속이 편안한 이유는

구절초

영평사* 축제 때 처음 만났어
하얀 꽃잎 속에 숨은 미소
온 산천을 하얗게 물들이더니
오는 사람들 마음속을 흔들더니
계곡에 절 마당에 길가에
가을 하늘이 함께 내려오더니
어느 새 내 마음까지
꽁꽁 묶어 버렸네

* 세종시 장군면에 있는 작은 절 이름. 가을이면 하얀 구절초가 온 산을
  뒤덮는다.

시

시인열차를 타고 간다
그 속에 희노애락이 있다
봄날의 미소 같은 것
온돌방 아랫목 같은 것
삶의 위안을 주는
운명 같은 노래가 있기에

목적지는 아직 보이지 않는다
끝없이 늘어서 있는 철길처럼
가야 한다
가 봐야 한다
바람을 따라
햇살을 쫓아
눈을 크게 뜨고
이 들판을 건너
저 산을 넘어
땅 끝까지

시의 나라
아름다운 꿈의 나라

시인들이 꿈꾸는
미지의 세계
끝없이 펼쳐진
오로라 같은

겨울 바다에 갔었네 5

맨발로 바다 위를
바람과 함께 걷고 있었습니다
가슴 속 잠든 그리움이
파도 위에 나타났다가 사라지고
멀리 수평선 위로
바다 가득히 쏟아진 햇살 위로
다시 날아 오릅니다
아 자유로운 일상의 한 편
바다는 언제나 그의 편입니다
깊은 사연들이 파도에 실려 오고
나는 파도가 남긴 언어 속에서
가슴에 피는 꽃을 찾아봅니다

겨울밤

사랑이 창밖에서
오들오들 떨고 있다
기다리지도 않는데
먼저 온 탓이다

어쩌냐
— 고 이운용님께

혼자 사는 나를
항상 측은지심으로 보던
사랑하는 후배가 갔다
엊그제 아침

형님 점심 콩나물국밥 어때요?
나야 좋지

가오동 콩나물국밥집에 가면
이교장이 와 있다
모락모락 올라오는 국밥속에
봄빛 같은 마음이 들어 있다
우린 국밥 위에 이야기 꽃을 피우고
세상 구경을 다녔다
버스를 타고 기차를 타고가 아닌
추억속의 여행이었다

아직도 식장산 산책길엔
이교장의 발자욱이 남아 있다

형님 인생 별거 아닙니다
먹고 싶은 것 가고 싶은 곳
열심히 먹고 다니세요
그리고 가끔 이 길을 함께 걸어요

바람이 더욱 차다
그냥 눈물이 난다
편히 쉬시게 부디
정말 너무 고마웠네
문상을 하고 나오는데
가슴이 아리고 답답했다

나는 갑자기 무인도에 와 있었다

가을이 가네

깊은 산 속에도
가을이 갑니다
소리 소문도 없이
맑고 푸르렀던 여름날의 싱그러움과
붉고 노오란 희고 고운
가을의 꽃잎과 단풍 짙어지고
뿌려도 뿌려도 다 못 뿌릴
가을의 그 색깔을
가슴에 안고
그냥 가을이 가고 있습니다
좀 천천이 가지
성미 급한 진눈깨비가
성큼 앞에 와 있습니다
나는 이제 누군가의 연인이고 싶습니다

제3부

호수에 눈이 내리면

11월엔
바람소리도 시를 쓴다

제3부 호수에 눈이 내리면

가을에

눈물을 가득 실은 바람이
가을 산을 넘고 있다
멀리 수평선 위에서
몰고 오는 하얀 파도 같다
삶을 다한 낙엽들이
눈물처럼 뚝뚝 떨어지면
나도 모르게 손을 내 민다
한 때 여기 저기 가득 피었던
들국화며 억새들이
말라버린 나의 감정을 추스리게 하고
연민의 감정으로 바라보는 시각
마지막 남은 한 장의 달력을 넘기며
지금쯤 어느 하늘을 걷고 있을
주인 잃은 사랑을 잡고 싶다

들꽃 편지

오늘 아침 꽃잎에 앉은
고운 햇살
한아름 선물합니다
호수를 지나
그 들길 그 벌판 그 산길까지
사랑을 가득 담았습니다
너의 순결함과 아름다움
고운 마음까지

오늘은 꽃잎 위에 앉은
하얀 이슬에게
외로움을 써 넣은 사연을
함께 보낼 것입니다
모진 바람과 흔들림 속에도
용케 견뎌 온 고고한 모습
부끄럽지만
용기 있게 보낼 것입니다

다시 첫 눈

밤사이 선물이 왔다

하늘에서 내려 준

그리움의 보석이다

눈물

마음 아픈 날 함께 온다
너무 기뻐 가슴 벅찰 때도

소나기가 한바탕 지나간 뒤
마음은 다시 평정되고
앞문으로 들어 와
뒷문으로 빠져 나가는 바람 같이
어느 날 갑자기 다가온
주체할 수 없는 사랑
그가 문 앞에서 반기고
떠나는 뒷모습을 보고
소매 끝을 훔친다
덧없는 인생의 한 부분에서
바닷물처럼 출렁이는
가슴 아픈 추억이다

겨울 시래기

고향집 추녀 끝에
시래기들이 햇살을 안고 있다
가을걷이가 끝나고
몸은 뒤틀리고 누렇게 떠서
한 줄의 시가 되어 누워 있다
오늘 저녁은
갈치전골의 푸짐한 보료가 되어
한 바탕 끓고 나면
고춧가루가 온몸을 휘저어 물들이고
푹 삶아진 몸둥어리가 일품이다
살아온 시간을 적당히 말려
파 마늘 양념 섞인
펄펄 끓는 냄비 속에 토해내면
여름가을겨울 한 줄로 엮은
또 한 편의 시가
추녀 끝에서 입맛을 다신다

대숲에 달빛이 내리면 1

오늘따라 대숲에
달빛이 하얗게 내립니다
달빛의 속삭임에 마음이 설레입니다
전해준 귓속말에 가슴이 떨립니다

앞산에 달빛이 가득 합니다
호수에 빠진 달빛이
헤어날 줄 모릅니다
젊어서 내 사랑을 보는 것 같습니다

오늘은 바람과 달빛이 씨름합니다
오랜만에 열여섯 열일곱입니다
호수에 비친 물그림자가 응원합니다
사랑에 흠뻑 취해 있습니다

대숲에 달빛이 내리면 2

대숲에 스민 바람이 리듬을 탑니다
잃어버린 유년의 시간들이 일어납니다
바닷가 작은 학교 뒷산에 숨었던 바람입니다
선생님은 귀신의 울음소리 같다고 하셨습니다

달빛이 장독대 위에서 미끄럼을 탑니다
호수위에선 은빛 옷으로 패션쇼를 합니다
바람이 뒤에서 힘껏 밀어 줍니다
댓잎이 얼굴을 부비며 노래를 합니다

오늘은 오랫동안 대숲에 머뭅니다
가만이 들여다보면 속삭이는 소리 들립니다
낮에 놀러왔던 새들이 목소리를 놓고 갔습니다
자기들 목소리만 들어 달라 합니다

소쇄원

— 꿈의 궁전

대나무 숲에서 불어오는
그들만의 노래 소리가
소쇄원에 가득 차 있다
붉은 단풍으로 치장한 소쇄원길
작은 시내를 지나는 물소리들이
뒤질세라 예쁜 음표를 만들어 내고
빛바랜 정자 기둥에선
흐르는 시간들이
찾아 온 사람들을 붙잡는다
어깨 밑으로 내려앉는 담 넘어
가을빛들이 몰려 와
소쇄원 정각을 뒤흔들고
대숲에 숨었던 바람이
우리의 부패한 내장과 머리를
송두리째 꺼내어
작은 시냇물에 씻겨 보낸다

겨울 금강

겨울 금강하구에
청둥오리 한 떼가
그림을 그리고 있다
햇살이 갈대숲을 이끌고 와
바람을 안겨 준다
어느 날 가져온
그리움의 보따리를 풀고
자맥질하는 청둥 오리 떼
바다가 다가와 입맞춤 한다

찔레꽃 피면

오월 어느 날
찔레 향기를 이고 오셨다
물이 차 오르기 시작하는데
언덕위에서 하염없이
그 빈집을 바라보시던 모습
새벽 별빛을 이고 밥을 지으시고
찔레향기를 따라 밭에 나가셨지요
이제 그리움이 가득한
고향의 그 텃밭
가만가만 내리는 별빛 속에
어머니의 고운 발자국
노오란 꽃술 위에
바람으로 앉아 있다

아, 노을

언제부터인가 너를 무척 사랑했다

언제나 나를 보고

화사한 얼굴로 다가 오고 있었지

버리는 만큼 아름다운 줄

어떻게 알았을까

서녘 하늘에 가득 찬 노을이

너와 나의 시간을 알리는 걸까

머물 시간도 없어

내 지난 시간들을 색칠하는 하루의 끝

나뭇가지 위에 흔들리는 함성

나의 과거는 무엇인가

무릎까지 차오는 시간의 흔적

아, 거기 사랑이 보인다

나의 사랑은

호수에 내리는 눈을
달려 가 잡는 일이다

불빛

겨울비가 유리창에
한 줄의 시로 다가 온다
불빛이 힘에 겨운 듯
연신 눈물을 닦는다
별은 보이지 않는데
불면의 밤을 보내는 사람들
골목길 포장마차 카페는
누군가의 지친 하루가 취해 있다
나는 헌책방에 들려
백석 시인 싸인이 들어 있는
남루한 시집 하나 사들고
불빛 밑으로 갔다
전신주 옆엔
사연 많은 빈 소주병이
하염없이 비를 맞고 있었다

겨울이 왔어요

겨울이 왔네요
청명한 하늘을 안고
가슴 싸한 바람을 안고
가끔은 순백의 눈세계를 선물해 주는

그간 어디에 숨어 있었던가
누구를 사랑하고 있었던가
잃어버린 언어를 기억해내고
희망의 봄을 열심히 키워 가는

철새들이 날아 간 빈 하늘
눈꽃이 내리는 신비의 세계
슬픔을 눈꽃으로 만드는
이름만큼 신비한 마력을 지닌

시여 시인이여

그래도 네가 있어
세상은 살맛이 난다
밥맛없는 아침에 한 줄의 시가
입맛을 돋군다
햇살이 몰려 와 시동을 걸면
바람과 구름이 장단을 맞춘다
그게 바로 시인이다
절망의 늪에서 희망을
어둠의 세계에서 새로운 빛을
아픔의 순간에 쾌유의 기쁨을
불굴의 의지로 솟아 있는 너의 기백
혹한의 겨울에서 봄을 맞듯
시인은 고통의 순간에도
희망을 꿈꾼다

내 사랑은

겨울 호숫가의 물안개를 걷어
포근한 이불 한 채 만든다

한 낮이면 흔적도 없는
아름다운 율동
유년시절 저녁 연기를 닮은

늦가을 억새 춤을 닮았다
수줍은 듯 섹시한 듯
때로는 의연하게
곱게 예쁘게
그리고 사랑스럽게 안기는

억새무리 속에서의 울림들
보름날 솔숲에 내린
하얀 달빛을 닮았다
선녀인 듯 그리움인 듯
가슴속을 파고드는
살가운 솔바람소리다

겨울 동화

시린 바람이 불어오는 날
하얀 눈송이가 내리는 날
너의 가슴 속으로
들어 가 보고 싶다
아무도 그려 보지 못한
순백의 세계에서
따스한 가슴을 열고
네가 그리워하는 세계
네가 사랑하는 동화 같은 나라
달빛이 내려 잠자는 나라
꿈속 같은 나라
그려 보고 싶다

12월의 꿈

12월엔 새로운 꿈을 꾸어요
바람이 차요
호수 위에 미끄럼을 타는 겨울바람
오늘처럼 내리는 함박눈은
언 나뭇가지에 눈꽃을 만드네요
온 대지를 덮은 하얀 옷
멀리 남도의 친구에게 부칠까요
힘겨운 이웃들에게도 나눌게요
그 예쁨 그 마음도 포장해서
택배로 보낼게요
다가오는 새해에는
더 좋은 꿈들이
봄꽃처럼 피어 나도록
12월의 눈꽃을 사랑해요
당신의 가슴에 심어 드릴게요

금강하구

갑자기 가슴이 넓어 진다
몸의 흐름이 잠을 자듯
바람도 여유가 있구나
드디어 하늘이 보이고
갈매기의 감칠맛 나는 비행이
햇살을 잘게 부순다
잔물결 틈으로 보이는
강과 바다의 해후
아름답다
눈물겹다
비릿한 듯 짠 냄새인 듯
금강 하구의 야릇한 바람이
발걸음을 멈추게 한다

12월, 다시 첫 눈

첫눈이 내리네
마른 단풍나무 잎에
참나무 가지 위에
산과 호수 위에
내 가슴속으로

겨울의 시간 속으로 왔어
가을의 강을 건너
많은 사람들이 반기네
축복의 시간
설렘의 순간
전화벨 울리는 소리
만남의 약속
우리 첫눈처럼 시작할까
마음이 바빠지네

아픈 사람들아 모여라
첫눈 속에 아픔을 녹이자
여기에 다 쏟아 놓자
기쁨만 남겨 놓자

그리고 그 하얀 눈 위에
희망을 그리자
첫 눈 내리는 길목에서

모시옷 사랑

어머니 즐겨 입으시던
한산 세모시 하얀 옷
곱게 풀 먹인 모시적삼
숨겨진 어머니의 향기
바람에 실려 옵니다

서른다섯 청상으로
세상 슬픔 모두 담아 둔
한산 세모시 고운 옷 차려 입으면
천년비경 한 마리 학으로
새롭게 태어 납니다

유월의 햇살 속
청아한 모시 옷 속에
살포시 숨은 어머니의 살결
한 땀 한 땀 스민 정성에
그리움이 가득합니다

배롱나무를 심으며

선운사 절마당 가득 붉은 울음이 매달린
배롱나무가 보고 싶어서
석호리 집 마당가에 한그루 옮겨 왔다
봄이면 낯익은 새순을
세상에 들어내고
백일씩이나 꽃을 피울 기대에
벌써부터 마음이 설랜다
바람은 어김없이
가지 끝에서 흔들릴거고
그리움이 붉은 영혼으로 피어날지니
첫여름부터 늦가을까지
나는 배롱나무 그늘에서
아름다운 시간을 그릴 것이다
하얀 백지 위에
슬픔을 거둬간 맑은 시간들이
붉은 꽃으로 매달리도록
밤새워 기도 할 것이다

오늘도 그리움이 바람 되어
붉은 꽃잎을 흔든다

재생再生

── 친구 烈에게

나이 칠십이 되어
잘 걷지 못하는 친구가 있다
또 다른 친구네 손주는
이제 돌 지나 잘도 걷는다는데
그는 다시 어려지나보다
아니 칠십년을 다 써 먹어
연골이 다 닳았단다
어쩌냐 아직 갈 길이 남았는데
아직 신발을 벗을 때가 아닌데
뒷꿈치가 다 닳아 벗어야 할 때까지
좀 더 버텨야 하는데
친구여 힘을 내라
한 때 들판을 달리던 힘
밤새워 계룡산을 넘던 힘
지난 칠십년을 달려 온 힘
그걸 다시 일으켜 세워
새 연골 위에 햇살을 넣고
따스한 봄바람도 넣어
춥고 아픈 시간을 넘어 가자
바람도 우리 편이다

겨울바람

12월 첫 날 초겨울인데도
마당가 화단에 장미가 피었습니다
난 그 빠알간 꽃잎 위에 앉아
겨울바람을 그립니다
아직 떠나지 못한
가을의 끝자락을 붙잡고
애원 합니다
나는 당신을 놓아 줄 수 없습니다
아직도 당신의 색깔 그 내음
가슴에 가득 합니다
설사 첫 눈 속에 묻혀 사라진대도
매서운 바람 속에 묻혀 간대도
은빛 억새 춤과 코발트빛 하늘을
놓아 줄 수 없습니다
항상 내 가슴 속에
남아 있기 때문입니다

봄꽃

마을 입구에서
산수유 밭을 만났습니다
그냥 따뜻해져 옵니다
집 언덕위에서
진달래꽃 무리가 다가옵니다
그냥 애닯아 집니다
길섶에서 수선화가
햇살과 놀고 있습니다
아기 손을 닮았습니다
봄꽃은 모두 그렇습니다
이쁩니다
따뜻합니다
애처로운 듯 보일 때가 있습니다
모두가 기다리고 찾던
반갑고 그리운 얼굴입니다

제4부

이제 사랑을 할거야

11월엔
바람소리도 시를 쓴다

제4부 이제 사랑을 할거야

동지冬至

팥죽 한 그릇 놓고
소원을 빈다
길을 못 찾는 사람에게
새 길을 열어 주고
기도하는 사람들에게
그 소원 다 들어 주라고
겨울 한 가운데에 와 있으니
이쯤해서 함박눈이 내리고
봄을 기다리는 사람들에게
붉은 빛 새순을 보여 주리
오늘은 절에 가서 등도 달아야 겠다
가족들 소원 다 들어 주라고
마른 나무 위에 앉은 까치들에게도
보시를 해야겠다
준비한 쌀 한줌 뿌려주며
적당한때 시장 끼 해결하라고
밤과 낮이 똑 같은 날
부처님 손바닥 위에
한 숨 자는 햇살처럼

아픈 겨울

올 겨울엔
유난히 아픈 시간들이 많았어
사랑하는 사람이 갔어
내 앞에 눈물만 가득 쏟아 놓고
눈물은 하얀 눈이 되고
가슴속으로 들어 왔어
힘들었어
달빛이 흔들어 대던
님의 떠난 자리

다시 창문을 열면
낯익은 새소리
어떻게 알았을까
방안을 휘 돌아 나가고
아 인사 왔나보다
내가 사랑했던 사람
나를 사랑했던 사람
무엇을 보고 갔을까
무엇을 남겼을까
아 보이네

님이 왔다 간 자리

남긴 사랑의 언어

그 아름다웠던 시간

백자 항아리

옥천 경매장에서
백자 항아리 하나가
시집을 왔다
수천도의 불가마 속에서
새롭게 태어난 자태
의연함이 공자님을 닮았다
온갖 번뇌를 다 녹이고
다시 태어난 생명
그 속에 춘하추동이 들어 있고
그 속에 생노병사가 앉아 있고
그 속에 희노애락이 살아 있다
누군가의 땀과 정열이
백자 항아리 속에서
새롭게 꽃을 피다

나무관세음보살

그리움

부소산 산책길 옆에 피어 있는
그 풀꽃처럼
그 낙엽들처럼
아름답게 예쁘게
그리고 쓸쓸하게 있으렴
기다렸던 바람이 쓰다듬고
다시 찾은 햇살이 내려앉고
내가 찾아 갈 수 있으니
나는 지금쯤 너의 어디쯤에 있을까
넌 지금 나의 어디쯤에 왔을까
보이지 않는 그것이
나를 혼미하게 해
그래도 가끔은 볼 수 있을거야
밤도 있고
낮도 있으니까
네가 그곳에서 숨 쉬고 있으니까

신성리에서

금강과 서해바다를 묶어
교집합을 만들어 놓고
갈대들이 춤을 춘다
덩달아 출렁이는 물결들
함께 신이 난 듯
비상하는 갈매기들
강바람이 갈대숲에 숨었다가
바닷물을 살며시 흔들고 간다
오늘 밤 여기에 달빛이 스며든다면
슬며시 옷고름이나 풀어 볼까
생각하기도 전 달아 오르는 볼
앞서간 바람 따라
도망치듯 빠져 나온다

겨울산책

– 대청호 오백리길

겨울호수에서 묻어나는
작은 설레임을 보았다
물푸레나무들의 열병식
마른 잎새들의 야한 몸짓
수몰민들의 아픈 언어들
나무 가지 사이
바람결에 번저 오는 숨은 향기
겨울 산허리를 감싸 안으며
지난 여름의 함성과 속삭임이
들리는 듯 잡히는 듯
침묵으로 다가 온다
산길에 누워있는
나뭇잎들의 겸허함
겨울 햇살에 더욱 눈부시다
누가 말했던가,
겨울은 좀 야한 계절이라고

청풍정* 2

김옥균의 사랑 노래가 들린다
바위 끝에 앉아
호수만 바라보다가
다시 새벽을 맞는다
저 멀리 산봉우리에 해가 뜨면
기다리던 세상에 다시 올까
어디쯤에 오시는가
누가 말했던가
인생은 풀잎 위의 이슬 같다고
혼란을 피해 은신한
오지의 바위 끝에
봄빛이 가득 내리는데
어디선가 들리는 선비의 기침소리
청풍정 지붕 끝에
그리움으로 내려 앉는다

* 조선후기 참봉 김종경이 세웠다는 옥천 군북에 있는 정자. 맑은물과 바람이
 머무는 군북 팔경의 하나, 구한말 김옥균이 기생 명월과 같이 며칠간 피신
 왔었는데 그 기생이 김옥균이 세상개혁의 뜻을 펴기 바라며 절벽 아래로
 몸을 던졌다는 애틋한 이야기가 전해지고 있다.

선운사
— 바람에 묻다

꽃 무릇 사이
선운사를 찾은 바람이 잠들다
그리움은
솔밭 가득 내려앉고
곱게 잠든 시간의 파편들
햇살 속에서 졸고 있다

퇴색된 법당 문살사이
누군가 흘리고 간
선홍빛 사랑의 빛깔
꽃 무릇 사이를 넘어 온
바람에 흔들린다

수 많은 사람들이 남기고 간
용서와 화해와 소망의 침묵들
선운사 마당에서
목백일홍으로 피고 있었다

선수암 가는 길

그 곳에 어머니가 계시다
새벽 다섯 시 머리를 곱게 빗으시고
머리엔 쌀 한 말 이고
한 손엔 내 손을 잡고
선수암을 향해 걷는다
가는 데 사십리 길
가다 쉬고 쉬었다 가고
네 시간이나 걸어 도착한
덕숭산 수덕사 선수암*
얼굴이 하얗게 센 주지 스님
부처님과 공양 보살 하나
달랑 그렇게
아주 작은 새들과
이름 모를 풀꽃들이 반긴다

솔숲 가득 숨었던 바람
고요 속 퍼져 나가는
공양 목탁소리
잠든 숲을 깨운다
오직 묵언 침묵으로

부처님 가르침 안고

도를 전하는 법당 안

이 승에서 물든 귀耳

흐르는 냇물에 씻는다

* 수덕사에 여승이 주지로 있는 작은 암자. 육십년전 연로하신 여승한 분이
보살 한 사람과 함께 작은 암자를 지키고 있었다. 어머니는 해마다 공양미를
머리에 이고 그 먼 길을 다니셨다.
부처님께 점심공양을 하고 나면 그 앞을 흐르는 작은 시내에서 그릇을 씻은
후 노스님 거처하는 방에서 녹차 한 잔을 주셨다. 바람소리와 이름 모를
풀꽃들이 반겨 주던 그 작은 암자 선수암, 많은 세월이 흐른 지금은 제법 큰
절이 되어 있었다. 이 선수암에 올 때마다 부처님께 공양 올리시던 어머니.
자식들을 위해 빌고 기도하던 모습이 한없이 그리워진다. 많이 보고 싶다.
어머니

등불

밤새 두레질하는 논에
밤참을 이고 가는 엄마
한 손에 등불을 들고
기우뚱하는 논길을
졸랑졸랑 따라 간다

희미한 불빛 속에서
둑길을 안내하는
개구리 울음소리
달님도 희미하게 거들어 준다

지난 일을 더듬으며
시를 썼다
작은 불빛을 기억하며
등불 아래 느릿느릿
날이 갈수록 잊혀져 가는
유년의 추억
과거든 현재든 미래든
마음의 불빛을 살린다

오늘도 나는 등불을 켠다
한 편의 시를 쓰기 위해서

황태덕장

— 대관령에서

황태덕장에 겨울 바람이 가득하다
얼어 붙은 황태의 눈이
겨울 바다를 보고 있다
폭설이 바다를 덮는데도
살아 있는 눈빛들

몇 날을 더 살 수 있을까
언젠가는 해장국속에서
누군가의 허기를 채워 주고
또 언젠가는 저녁 만찬에서
소주 한 잔을 위한
시래기 찜 속에 누워 있을거다

오늘은 얼어붙은 황태가
드디어 말을 한다
매서운 눈보라를 겪은
내 맛을 아느냐
이 혹한의 계절을 보내는
내 얼어붙은 마음을
녹여 줄 수 있느냐

내 몸둥아리에 매달린

수 많은 얼음덩어리들이

바람과 씨름을 한다

얼었다가 녹았다 수 없이 반복한 후

내 생애 최고의 날을 맞는다

자귀나무* 꽃

윤교수님 특강 시간에
자귀나무가 단골손님처럼 오신다
소가 잘 먹는다는 나무
우리나라 산천에 심으면
소를 방생해도 된다고
사료 값이 절약된다고 열강이시다
알고 보니 콩과 식물
꽃잎이 가지위에서
어릿광대처럼 외줄타기 하듯
매달려 있다
지그재그 뻗어 나간 줄기 가지 사이
고양이 수염 같은 꽃잎들이
바람에 하늘 거린다
청실홍실 부부처럼
금슬 좋게 바람에 흩날린다
보랏빛 금빛 노랑 섞인
유월의 자귀나무 꽃
바람이 불면
느릿느릿 오는 소가 보인다

* 지금은 고인이 되신 충남대학교 교육학과 윤형원 교수님은 강의시간에 꼭
  우리나라 소를 방생해서 키울 수 있는 좋은 나무가 있다고 하며 자귀나무를
  자주 말씀하셨다.

제비꽃

봄빛 속에 안겨온
연보라 꽃잎
살랑살랑 흔들리는 그 모습
우리 아가 손을 닮았네

수줍은 듯 부끄러운 듯
햇살 속에 사알 짝 숨는
사랑의 몸짓
돌 틈에 마당가에 잔디밭에
결 고은 연보라 빛 손님
찾아온 봄바람에
살갑게 춤을 추네

고요

오늘밤도 석호리엔
고요가 내려 앉는다
새들의 숨소리
나뭇잎들의 볼 인사
호수의 잔물결소리까지
모두 잠들어 있는 곳
귀뚜라미와 풀 여치도
꿈속을 여행하고 있는
석호리의 밤
잔디밭 가득
별빛이 쏟아지는 소리
달빛과 솔잎이 입 맞추는 소리가 들리는
고요가 수놓은 아름다운 시간
깊고 푸른 밤
고요의 심장이 뛰고 있다

그래서 더욱
눈물 난다

가을 산길

오늘 따라 맑은 바람을 등에 업고
가을 산길로 접어 듭니다
언제나 자분자분
발자국 따라 말하던 당신
조심해요 구절초가 예뻐요
산바람이 좋아요

억새꽃들은 일제히
하늘을 향하여 붓글씨를 쓰듯
가을바람에 천천이 춤을 춥니다
하늘이 화선지가 되고
산빛은 물감이 됩니다
산새가 리듬 타듯 노래하고
하얀 쑥부쟁이 군락들은
가을을 안내 합니다

당신과 나는 가을 산길에서
눈물겨운 한 때를 보내고 있습니다
맞잡은 손 그 사이를 파고 든 가을 햇살이

곰살 맞게 소근 대며 글씨를 씁니다

사랑해요

옛터*

풀냄새 가득한
하소동 옛터에서 만났다
언 땅을 비집고 나온
눈부신 초록빛
풋풋한 싱그러움
장작타는 냄새와 어우러지며
햇살을 껴안는다
화려한 외출 속에 숨겨진
눈부신 미소
상송과 김광석이 만나
봄날을 노래하는 옛터 마당
봄비 속에
자분자분 걸어 나온다
목련을 닮았다
냉이꽃과 제비꽃도
온 산천을 초록빛으로 울리는 봄빛
바람이 먼저 와 기다리고
또 다른 이별을 예고하면서

* 하소동 어느 음식점 이름. 마침 장작불이 타고 있었고 김광석의 노래와
  상송이 번갈아 흘러나오고 있었다.

풀잎에게

세상에서 가장 부드러운
당신의 가슴에 누워있다
당신의 얼굴에
당신의 손끝에
내 마음을 안긴다

풀잎과 풀잎이 부딪히는 소리
혼자 쓰러지듯 춤을 추다가도
함께 노래를 부르다가도
둑길에서
산기슭에서
다 낡은 빈 집에서
당신은 언제나 풋풋하다
항시 부드럽다

그리고 언제나 말이 없어
더 깊은 당신의 향기
숨결
그 위에 떨어뜨리고 싶은
아름다운 사랑 하나

불면증

잠을 못 잔다 하니
팔 하나를 주욱 펴주고
여기 베고 자라 한다

눈을 감으면
세상이 대낮같이 환해 진다
기억은 더 새롭고 가까워져서
어제와 오늘
멀고 가까운 곳
한 것과 안한 것이 뒤엉켜 있다

다시 눈을 뜨고
세상을 바로 볼 양이면
먼 곳에서 온
팔 한쪽의 온기가
사르르 잠이 들게 한다

감자 한 알

하지 감자 하나가
긴 밭고랑에 누워 있다
모두 떠난 뒤 지진아처럼
홀로 누워 있다
무슨 생각을 하고 있을까
어쩌다 주인은 나를 놓쳤을까
운주사 와불 처럼
어두운 땅 속에서 잘 견뎌왔는데
못생긴 탓일까
뒷심이 없는 탓일까
그래도 주인이 있다면
내 몫은 다 할거다
내년에 씨감자로 남든지
나 좋아 하는 아이 입 속으로
보란 듯 떠나던지
하지 감자 한 알

토속, 유년, 고향, 어머니, 자연, 겨울의 의식지향

― 김명수金明洙의 시세계

이은봉(시인, 광주대 명예교수, 대전문학관장)

11월엔
바람소리도 시를 쓴다

토속, 유년, 고향, 어머니, 자연, 겨울의 의식지향
─ 김명수金明洙의 시세계

이 은 봉 (시인. 광주대 명예교수. 대전문학관장)

1.

김명수金明洙의 시는 낭만성을 토대로 한다. 그의 시의 낭만성 역시 어디론가 떠나고자 하는 마음에 기초해 있다. 어디론가 떠나고자 하는 마음은 그의 시에서 우선 여행에의 의지와 함께한다. 그가 "겨울이 그려놓은 수채화 속으로/나는 오늘도 여행을 떠난다(「겨울 수채화」)라고 했을 때의 여행 말이다. 그의 시와 함께하는 이러한 낭만성은 일단 공간여행이 아니라 시간여행의 모습을 취한다.

이때의 시간여행이 지향하는 곳은 미래의 세계이기보다는 과거의 세계일 때가 많다. 이처럼 과거의 세계를 향한 시간여행을 통해 드러나는 것이 그의 시에서 낭만성이다. 지금 이곳의 삶보다는 과거 저곳의 삶을 지향하는 것이 그의 시의 낭만성을 이루는 특징이라는 것이다. 그렇다면 그의 시에 드러나 있는 과거 저곳의 삶은 구체적으로 어떠한 모습을 갖고 있는가.

김명수의 시에서 과거라는 시간 및 공간이 이루는 형상은 먼저 전통 혹은 토속의 모습을 보여준다. 전통 혹은 토속의 세계는 그가 살았던 유년의 시간 및 공간과 무관하지 않다. 기본적으로 그는 오

늘의 피곤하고 지친 삶, 곧 고독하고 외로운 삶을 전통 혹은 토속의
세계를 꿈꾸는 것으로 위무한다. 이때의 꿈이 지향하는 세계는 미
처 철들기 전 체험한 마을공동체인 경우가 대부분이다. 그가 꿈꾸
는 행복한 세계가 사람들이 다 함께 어울려 살던 고향 마을에서의
유년체험을 바탕으로 하고 있다는 뜻이다.

'고추장떡'을 소재로 하고 있는 아래의 시 역시 유년시절 고향 마
을에서나 체험했을 법한 내용을 담고 있다.

> 앞마당 툇마루 위에
> 가을햇살이 다소곳이 모여 있다
> 어머니의 고추장떡이 몸을 말리고
> 덤으로 안겨준 생일 떡 한 접시에
> 벌써 목이 멘다.
>
> 해마다 가을떡하는 날
> 왕 시루 속 위층은
> 누렁 방콩 듬뿍 덮은 엄마표 고추장떡
> 아래층은 왕 팥고물 숭숭 뿌린
> 생일 축하 멥쌀 찹쌀 혼합 떡이다
>
> 그곳엔 어머니의 모세혈관이 보인다
> 가을이 되면 목이 메는 추억
> 한 겨울 폭설에도 모락모락 피어오르는
> 그리운 모태 온도
> 고추장떡 하는 날 내뿜던
> 시루 속 그 하얀 입김
> 가을하늘에 그린
> 바다보다 깊은 어머니 마음이다
>
> —「고추장떡」 전문

이 시는 가을 어느 날이 생일인 시인의 유년체험을 바탕으로 한다. 국민들의 대다수가 농촌공동체에서 살던 1970년대까지만 해도 추수가 끝나면 '가을떡'을 해 이웃들 및 귀신들과 나누어 먹는 풍속이 존재한 바 있다. 이 시는 그때의 풍속에서 기인한다. 이웃들과는 물론 방안의 성주님, 부엌의 조왕님, 토방의 디운귀신, 시렁의 제석님, 굴뚝의 굴대장군, 뒤꼍의 천륜대감, 대문간의 수문장과도 나누어 먹었던 것이 가을떡이다.

이처럼 이 시는 전통 혹은 토속의 가치라고 할 만한 지난 시절의 체험, 곧 '가을떡'과 관련된 체험에서 비롯되고 있다. 위의 시에 따르면 이때의 가을떡은 고추장떡이기도 하지만 생일 축하떡이기도 하다. "해마다 가을떡하는 날/왕 시루 속 위층은/누렁 방콩 듬뿍 덮은 엄마표 고추장떡/아래층은 왕 팥고물 숭숭 뿌린/생일 축하 멥쌀 찹쌀 혼합 떡이다"와 같은 구절이 이를 잘 말해준다.

이 시의 형상은 다름 아닌 이에서 비롯된다. 그것이 어머니의 따듯한 사랑이 담뿍 들어 있는 고추장떡 및 생일 축하떡과 관련된 풍경으로 이루어져 있기 때문이다. 이 시의 이러한 형상은 불현듯 독자 일반을 과거라는 시간 및 공간 속으로 데리고 간다. 과거라는 시간 및 공간 속에서 체험했음직한 일들은 그것도 일인 만큼 자잘한 사건, 곧 자잘한 이야기와 함께 한다. 다음의 시 역시 어머니의 너그럽고 넉넉한 사랑과 함께하는 유년시절의 충만한 기억을 소환한다.

> 생선장사 합죽 할머니가 새벽같이
> 광천장에 누워 있는 생선들을
> 머리에 가득 이고 왔다
> 동해바다 동태 고등어
> 서해바다 오징어 조기 갈치 황석어

합죽 할머니 광주리 위에서
바람과 파도가 출렁이고 있었다

만년 단골손님 어머니는
싱싱하고 잘 생긴 것만 골라
쌀 한 됫박과 바꾸고
부엌 항아리 속에
소금 한 주먹씩 뿌리며
파도소리를 재운다
생일날, 제삿날, 사위 오는 날 올리는
귀한 상차림을 위해

합죽 할머니 광주리에선
밤새 만선으로 귀항한 어부들의 함성이
파도와 어우러진다
고등어 등 위에서 미끄러진 햇살이
만선을 축하하는 듯
서로 부둥켜안고 손을 흔든다

—「얼굴」전문

위 시는 시인이 유년시절에 체험한 충만한 기억들을 담고 있다.
시인의 충만한 기억을 소환하는 것은 "고등어 등 위에서 미끄러진
햇살"의 이미지가 특별히 강렬했기 때문인 듯하다. "만선을 축하하
는 듯/서로 부둥켜안고 손을 흔"들고 있던 것이 이때의 햇살이라는
것을 알아야 한다. 물론 이들 구절은 바로 앞의 "합죽 할머니 광주
리에선/밤새 만선으로 귀항한 어부들의 함성이/파도와 어우러진
다"라는 구절과 맞물려 있다.

시인의 기억을 소환하는 것과 관련해 이들 구절을 주목하는 까
닭은 별로 복잡하지 않다. 앞의 구절인 "서로 부둥켜안고 손을 흔"

드는 일이나. 뒤의 구절인 "어부들의 함성이/파도와 어우러"지는 일이 모두 하나됨의 정서를 담고 있기 때문이다. 하나됨의 정서, 곧 합일의 정서를 담고 있는 것은 이 시의 다른 구절에 의해서도 확인이 된다. "만년 단골손님 어머니"가 "생일날, 제삿날, 사위 오는 날" "귀한 상차림을 위해" "동해바다 동태 고등어/서해바다 오징어 조기 갈치 황석어" 등을 "쌀 한 됫박과 바꾸"는 것도 그 한 예라는 것이다. 여기서도 합죽 할머니의 마음과 어머니의 마음이 대립하거나 갈등하지 않고 합일을 이루고 있기 때문이다.

과거의 시간 및 공간으로의 회귀는 그의 다른 많은 시에 의해서도 확인이 된다. "수천도의 불가마 속에서/새롭게 태어난 자태"를 자랑하는 「백자 항아리」나 "냉이꽃과 제비꽃도/온 산천을 초록빛으로 울리는" 「옛터」 등의 시도 그 중요한 예이다. 이들 시에서도 징험할 수 있는 것은 과거의 시간 및 공간으로의 회귀가 유년 혹은 추억의 세계로의 회귀와 맞물려 있다는 점이다. 이와 관련해 주목하지 않을 수 없는 것은 유년 혹은 추억의 세계로의 회귀가 언제나 고향 혹은 농촌공동체에의 그리움을 낳는다는 점이다.

2.

유년 혹은 추억의 세계로의 회귀는 고향 혹은 농촌공동체로의 그리움을 낳고, 고향 혹은 농촌공동체로의 그리움은 자연 혹은 전원에로의 그리움을 낳기 마련이다. 고향 혹은 농촌공동체, 자연 혹은 전원의 세계는 본래 유년의 세계, 원시의 세계이기도 하다. 시적 주체가 타자와 분리되기 이전의 온전한 삶, 곧 신화적 삶이 가능했던 공간 말이다.

이들 공간과 관련된 그리움, 곧 향수가 발생하는 것은 시인이 이들 공간과 분리된 삶을 살고 있기 때문이다. 향수라고도 부르는 이때의 '그리움'은 본래 분리된 개체가 갖는 가장 원초적인 정서이다. 그리움은 본래 기다림과 짝을 이루는 정서이다. 이때의 그리움의 정서는 항상 분열된 개체에게 하나됨에의 정서, 합일에의 정서를 갖도록 한다. 세계와 미분화되어 있던 시절에 대한 그리움은 인간이 갖는 원초적 회귀의지이기도 하거니와, 김명수의 시에는 그것이 좀 더 특화된 모습으로 드러나 있어 주목이 된다.

그의 시에 고향 혹은 농촌공동체, 자연 혹은 전원으로의 정신지향이 좀 더 적극적으로 드러나 있는 까닭은 비교적 단순하다. 그러한 세계가 무엇보다 고통의 세계가 아니라 행복의 세계이기 때문이다. 유년 혹은 추억, 고향 혹은 농촌공동체, 자연 혹은 전원의 공간이 인간이라는 주체에게 좀 더 원초적인 세계라는 것은 불문가지이다. 이곳이야말로 에덴으로 상징되는 어머니 대지, 곧 어머니 자궁이기 때문이다. 에덴이고, 대지이고, 어머니이고, 자궁이라는 것은 그곳이 돌아가고 싶어도 돌아갈 수 없는 없는 곳이라는 것인데, 바로 그렇기 때문에 그곳이 더욱 욕망을 자극시키는 공간이라는 것을 알 필요가 있다.

따라서 시인 김명수가 거듭해 유년 혹은 추억, 고향 혹은 농촌공동체, 자연 혹은 전원으로의 의지를 보여주는 것은 매우 자연스러운 일이다. 이들 세계야말로 고통이 없는 공간, 행복이 보장되는 공간, 언제나 "마음이 설레"는 공간이기 때문이다. 모든 시인들이 다 통증에 민감하다고 하더라도 그가 이러한 파라다이스를 갖는 것은 자못 의미 있는 일이다. 실제로는 그것이 그가 꿈꾸는 유토피아에의 의지이기도 하지만 말이다.

오늘 따라 대숲에
달빛이 하얗게 내립니다
달빛의 속삭임에 마음이 설레입니다
전해준 귓속말에 가슴이 떨립니다

앞산에 달빛이 가득 합니다
호수에 빠진 달빛이
헤어날 줄 모릅니다
젊어서 내 사랑을 보는 것 같습니다

오늘은 바람과 달빛이 씨름합니다
오랜만에 열여섯 열일곱입니다
호수에 비친 물그림자가 응원합니다
사랑에 흠뻑 취해 있습니다
　　　　　　　　　―「대숲에 달빛이 내리면」 전문

　이 시에는 "대숲", "달빛", "마음", "가슴", "앞산", "호수", "나", "사랑", "바람", "물그림자" 등의 사물이 등장한다. 우선은 이들 사물이 아무런 갈등이나 대립 없이 잘 어울려 "사랑에 흠뻑 취해 있"는 것을 알 수 있다. 그뿐만이 아니라 이 시에서는 예의 사물들과 시인 또한 하나가 되어 "헤어날 줄 모"른다. 더구나 이 시에서의 화자는 사춘기 이전의 "열여섯 열일곱" 살의 소년으로 등장한다. "오늘은 바람과 달빛이 씨름합니다"라는 구절이 나오기는 하지만 이때의 씨름은 싸움이 아니라 일종의 놀이라고 해야 옳다.

　이 시는 유년 혹은 추억의 공간을 수용하고 있기도 하지만 고향 혹은 농촌공동체, 자연 혹은 전원의 공간도 수용하고 있다. 이들 공간이 그에게는 파라다이스이고 유토피아라는 것은 특별히 강조할 필요가 없다.

파라다이스이고 유토피아라고 했지만 이들 공간이 미래의 것이 아니라 과거의 것이고 유년의 것이라는 것은 의미심장하다. 시인의 이상향이 미래의 공간에 있기보다는 과거의 공간. 곧 유년의 공간에 있다는 것을 증명해주기 때문이다. 그렇다. 그의 이 시집에서 미래의 공간이나 시간으로의 의지를 찾아보기는 힘들다. 「겨울 시래기」이나 「찔레꽃 피면」 등의 시에서처럼 그는 언제나 과거의 어느 때에 경험했음직한 사건이나 사물을 노래한다. 바로 그럴 때 그가 훨씬 운기 있는 시를 창작할 수 있는 것도 바로 이와 무관하지 않다.

고향집 추녀 끝에
시래기들이 햇살을 안고 있다
가을걷이가 끝나고 지금까지
몸은 뒤틀리고 누렇게 떠서
한 줄의 시가 되어 누워 있다
오늘 저녁은
갈치전골의 푸짐한 보료가 되어
한 바탕 끓고 나면
고춧가루가 온몸을 휘저어 물들이고
푹 삶아진 몸뚱어리가 일품이다
살아온 시간을 적당히 말려
파 마늘 양념 섞인
펄펄 끓는 냄비 속에 토해내면
여름가을겨울 한 줄로 엮은
또 한 편의 시가
추녀 끝에서 입맛을 다신다

―「겨울 시래기」 전문

이 시의 서두에는 "고향집 추녀 끝"의 "시래기들이 햇살을 안고 있"는 풍경이 그려져 있다. 시인은 곧이어 "가을걷이가 끝나고 지금까지/몸은 뒤틀리고 누렇게 떠" 있는 시래기를 "한 줄의 시"라고 비유한다. 나아가 그는 "갈치전골의 푸짐한 보료가 되어/한 바탕 끓고" 있는 시래기를 두고 일품이라고 명명한다. 또한 그는 "파 마늘 양념 섞"어 "펄펄 끓는 냄비 속에 토해내"진 시래기를 한 편의 시라고 받아들인다.

이러한 내용을 갖고 있는 시래기 역시 '유년 혹은 추억'의 것이고, '고향 혹은 농촌공동체'의 것이고, '자연 혹은 전원'의 것이다. 따라서 이들 세계의 것인 시래기를 두고는 어머니 대지의 것이라고도 하지 않을 수 없다. 시래기가 어머니 대지의 것이라는 견해는 그것이 근원적 자연 생태의 것이라는 견해와 다르지 않다.

시래기가 근원적 자연 생태의 것이라는 얘기는 그것이 이미 오래 전 떠나온 유년세계의 것이라는 얘기가 된다. 이러한 논의와 관련해서는 "오월 어느 날/찔레 향기를 이고 오"신 분, "새벽 별빛을 이고/밥을 지으시고/찔레향기를 따라/밭에 나가"시는 분이 어머니라는 것부터 기억해야 한다. "노오란 꽃술 위/바람으로 앉아 있"는 것이 다름 아닌 "고향의 그 텃밭/가만가만 내리는 별빛 속/어머니의 고운 발자국"(「찔레꽃 피면」)이라는 것을 잊어서는 안 된다.

이처럼 '유년 혹은 추억', '고향 혹은 농촌공동체', '자연 혹은 전원'의 세계는 어머니 대지의 세계, 곧 어머니 자궁의 세계이기도 하다. 「모시옷 사랑」, 「선수암 가는 길」, 「등불」 등의 시에서도 알 수 있듯이 시인은 저 자신의 시를 통해 지속적으로 어머니에의 그리움을 드러내고 있다. 어머니에의 그리움도 실제로는 대지 자연에의 그리움, 곧 자궁 요람에의 그리움과 다르지 않다. "밤새 두레질하는 논에/밤참을 이고 가는 엄마"(「등불」)에의 그리움 말이다. 물론 이는 "한 손에 등불을 들고/기우뚱하는 눈길을/졸랑졸랑 따라"(「등불」) 가는 엄마에의 그리움과 다르지 않다. 이때의 그리움은 "바람에 실려" 오는 "세모시 하얀 옷/곱게 풀 먹인 모시적삼" 속으로 "숨겨진 어머니의 향기"(「모시옷 사랑」)에의 그리움이기도 하다.

3.

김명수의 시에는 이처럼 대지 자연에의 그리움, 자궁 요람에의 그리움이 어머니에의 그리움으로 변이되어 나타난다. 이와 관련해 좀 더 주목해야 할 것은 그의 시에서 어머니에의 그리움이 저절로 이루어지는 삶, 즉 스스로 그러한 삶에 대한 그리움으로 전이되어 나타나기도 한다는 점이다. 여기서 말하는 저절로 이루어지는 삶, 즉 스스로 그러한 삶이 자연과 함께하는 삶을 가리킨다는 것은 불문가지이다.

물론 이때의 자연과 함께하는 삶, 즉 스스로 그러한 삶은 대립하고 갈등하는 삶이 아니라 조화롭고 균형 있는 삶, 일치하고 합일하는 삶을 가리킨다. 자신의 시에서 그가 말하는 "창문을 열면/산과 들이 한꺼번에/방안으로 들어"와 "풀벌레와 새들까지 한 식구"(「창문을 열며」)가 되는 삶 말이다. 이러한 뜻에서의 '자연과 함께하는 삶'은 시인이 자연의 사물 및 존재를 시 자체로 받아들이는 것을 통해서도 확인이 된다. 그렇다. "가을날 흔들리면서 떨어지는 나뭇잎에"서 "시 읊는 소리"(「11월엔 바람소리도 시를 쓴다」)를 듣기도 하는 것이 그이다. 심지어는 "가을바람을 붙잡아/시 한 편 쓰게"하는 것이, "노란 은행잎 위에/햇살보다 더 따뜻한 시/바람보다 더 정겨운 시/별빛보다 더 그리운 시"(「나뭇잎 시」)를 쓰게 하는 것이 그이기도 하다.

가을날 흔들리면서 떨어지는 나뭇잎에선
시 읊는 소리가 들린다
가만히 귀대고 들어보면
바람이 한 묶음 들어 있는 것 같고
자세히 들여다보면
햇살이 빼곡히 앉아 있는 것이 보인다

은행잎 위엔 은행잎만큼
단풍잎 위엔 단풍잎만큼
그리고 참나무 잎엔 참나무 잎만큼

오늘은 나뭇잎 위에 앉은 바람이
자꾸 시 읊는 소리를 내고 있다
나뭇잎이 노랗게 빨갛게 물드는 소리
나뭇잎끼리 속살 부딪는 소리
나뭇잎끼리 깊은 사랑에 빠지는 소리

아 그래 이제 알았다
너희들도 11월엔 시를 쓰는구나
흔들리는 만큼
물드는 만큼
서로 사랑하는 만큼
시를 읊는구나
시를 쓰는 11월의 바람소리
11월의 바람소리는 그렇게 시를 쓰는구나

—「11월엔 바람소리도 시를 쓴다」 전문

이 시에 의하면 시인에게 나뭇잎 떨어지는 소리는 "시 읊는 소리"이다. 뿐만 아니라 "바람이 한 묶음 들어 있는 것"이 "가을날 흔들리면서 떨어지는 나뭇잎"이기도 하다. 시인이 듣기에는 "나뭇잎 위에 앉은 바람이/자꾸 시 읊는 소리를 내고 있"는 것이다. 이처럼 "나뭇잎이 노랗게 빨갛게 물드는 소리/나뭇잎끼리 속살 부딪는 소리/나뭇잎끼리 깊은 사랑에 빠지는 소리"를 듣고 있는 것이 이 시에서의 시인이다.

이처럼 그는 자연과 혼연일체를 이루는 마음, 자연과 깊이 동화되는 마음을 지니고 있다. 그가 자연과 혼연일체를 이루는 마음, 자연과 깊이 동화되는 마음을 갖는 것은 무엇보다 스스로 그러한 마음, 다시 말해 꽃과 나무의 마음을 갖고 있기 때문이다. 꽃과 나무의 마음을 갖고 있다는 것은 순결성을 갖고 있다는 것이거니와, 이는 또한 그가 시원의 마음, 곧 동심을 잃지 않고 있다는 뜻이 되기도 한다. 시를 인용해 표현하면 이는 그가 "하얀 눈송이가 내리는 날/너의 가슴 속으로/들어가 보고 싶다"고 했을 때의 너의 세계, 곧 "아무도 그려 보지 못한/순백의 세계"(「겨울 동화」)를 갖고 있다는 것이 된다.

여기서 말하는 "순백의 세계"는 그의 시에 드러나 있는 "참나무 가지 위에/산과 호수 위에/내 가슴속"(「12월, 다시 첫눈」)에 내리는 첫눈의 세계와도 다르지 않다. 이처럼 그의 시에서는 순백의 세계에의 의지가 "첫눈"의 세계에의 의지로 구체화되기도 한다. 이때의 첫눈의 세계가 순수하고 무구한 시원의 세계, 동심의 세계를 가리키는 것은 명확하다. 그의 시에서 첫눈의 세계가 "그냥 마음이 설레"는 세계, "누군가를 만날 것도 같"은 세계, "소원이 이루어질 것도 같"은 세계이기도 한 소이가 바로 여기에 있다.

이처럼 김명수의 시에서 자연 및 사물의 존재는 그 자신과 크게 변별되어 있지 않다. 그의 시에 등장하는 사물 및 자연은 저 자신과 항상 착종되어 있다는 것인데, 이는 다음의 시에서도 마찬가지이다.

> 올해도 첫눈이 내렸습니다
> 그냥 마음이 설레입니다
> 누군가를 만날 것도 같고
> 소원이 이루어질 것도 같습니다
>
> 세상은 하얀 도화지입니다
> 첫 번째 그림을 그립니다
> 그림이 눈 속에 묻혀
> 두 번째 그림을 그립니다
>
> 이번엔 시 한 편 썼습니다
> 시 속에 사랑도 담았습니다
> 사랑 속에 그리움도 담았습니다
> 그냥 마음이 아려옵니다

이 시에서도 시인은 첫눈을 하나의 인격체로 받아들인다. 첫눈이라는 자연의 사물을 그가 그 자신과 동일한 인격체로 수용하고 있다는 것이다. 시인은 심지어 여기서 첫눈이 내린 세상을 "하얀 도화지"라고까지 인식한다. 자연의 현존을 자아의 현존으로 받아들여 그의 마음 속 "하얀 도화지" 위에 그림도 그리고 시도 쓰는 것이 그이다. 첫눈이라는 "하얀 도화지" 위에 쓴 "시 속에 사랑도 담"고, "사랑 속에 그리움도 담"는 것이 그라는 뜻이다. 이는 이미 그에게 익숙해져 있는 의인관적擬人觀的 세계관의 표현이거니와, 이러한 점은 그의 다른 시의 "겨울비가 유리창에/한 줄의 시로 다가온다"(「불빛」)와 같은 구절에 의해서도 확인이 된다.

김명수의 시에는 이처럼 자연의 사물이 인간과 동등한 존재로 참여해 저 자신의 역할을 해내고 있다. 그가 보기에는 "오늘 따라 수줍어" 하는 것이 달빛이고, 바람이 앉아 "박자를 맞"(「가을밤」)추는 것이 달빛이다. "저녁엔 달과 별"까지 부르는 등 "모두 함께 모여/다정한 오케스트라 연주를 꿈"(「창문을 열며」)꾸는 것이 시인이라는 것이다. 하지만 그는 지금 "그냥 마음이 아려"오는 것을 느낀다. "그냥 마음이 아려"온다는 것은 그에게 겉으로 드러내지는 않은 상처가 있다는 뜻이기도 하다.

4.

시인 김명수가 지니고 있는 상처는 가을이나 겨울의 이미지와도 무관하지 않아 보인다. 그의 이 시집에는 봄이나 여름을 소재로 한 시보다 가을이나 겨울을 소재로 한 시가 훨씬 더 많다. 가을이나 겨울을 소재로 한 그의 시는 사랑하는 사람과의 이별과 깊이 연루되어 있지 않은가 싶다. 가을이나 겨울은 조락의 계절이기도 하거니와, 이들 계절을 소재한 시에서는 진한 상실의 냄새가 난다. "아주 작은 바람에도/유난히 흔들리는 망초꽃대를 보고/이별의 때가 왔음을 알았"다고 노래하는 것이 그이다. "이별과 그리움을/반복하면서도/다시 또 이별을 하고/그리워"(「망초꽃」)하는 것이 그라는 것이다.

이로 미루어 보면 실제로는 시인이 매우 고독한 사람, 외로움이 많은 사람이라는 것을 알 수 있다. "바위틈에 외롭게 뿌리 내린" "소나무 곁에 앉"아 "외롭지만 외롭지 않게/쓸쓸하지만 품위 있게/어둠 속을 홀로/모진 바람을 견디고 있"(「고독」)는 것이 그라는 얘기이다. "어느 날부터인가" "혼자 밥을 먹고 있"는 것이 그라는 것인데, 이를 두고 그는 "살기 위한 최소한의 투쟁"이라고 말한다. "마당가 마른 나뭇가지 위 새들이"나 "친구하자고 부"(「혼밥」)르는 것이 지금의 그라는 것이다.

물론 예의 "마당가 마른 나뭇가지 위 새들이"라는 이미지가 내포하는 계절은 봄이나 여름보다는 가을이나 겨울이기 쉽다. 이들 계절의 이미지를 담고 있는 그의 시 중에서도 양적이나 내용적으로 좀 더 주목이 되는 것은 겨울의 이미지를 담고 있는 시들이다.「황태덕장」,「겨울 금강」,「불빛」,「겨울 수채화」,「겨울바다에 갔었네·1」,「겨울산책」,「아픈 겨울」 등의 시가 바로 그 예이다.

이들 시 중에서도 좀 더 확실한 상실의 냄새를 갖고 있는 것은「아픈 겨울」이다. 이 시가 "올 겨울엔/유난히 아픈 시간들이 많았어/사랑하는 사람이 갔어/내 앞에 눈물만 가득 쏟아 놓고" 등의 구절을 포함하고 있기 때문이다. 이 시에 나오는 "사랑하는 사람"은 말할 것도 없이 시인의 아내를 가리킨다. 시인이 "사랑하는 사람"을 저승으로 보낸 것이 겨울이기 때문일까. 그의 시 중에는 특별히 겨울을 배경으로 한 것들이 많다. '겨울바다에 갔었네'라는 제목으로 4편이나 연작시가 창작된 것도 이러한 맥락에서 이해를 해야 한다. 그가 보기에 "겨울바다는 슬픔을 파도에 녹"일 수 있는 곳이고, 파도가 "마음속의 아픔도 삼"(「겨울바다에 갔었네·1」)킬 수 있는 곳이기 때문이다. 이들 예로부터 알 수 있듯이 그의 시에 등장하는 겨울은 늘 인생의 겨울을 상징한다. 이처럼 그의 시에는 인생의 겨울과 자연의 겨울이 겹쳐진 채로 드러나고는 한다.

그의 시에는 또 하나의 이별의 대상이 등장한다. 어머니와의 이별이 그것이다. 어머니와의 이별도 겨울에 이루어지지 않았을까. 물론 그의 시에서 어머니는 이별의 대상만이 아니라 그리움의 대상으로도 등장한다. "서른다섯 청상으로/세상 슬픔 모두 담아둔"(「모시옷 사랑」) 것이 그의 어머니이거니와, 어머니와의 이별 또한 겨울에 이루어지지 않았느냐는 것이다.

그의 시에는 이처럼 두 여자에 대한 그리움이 드러나 있다. 이때의 두 여자는 말할 것도 없이 작고한 어머니와 아내를 가리킨다. 물론 그의 시에는 오래 전 작고한 어머니보다 얼마 전 사별한 아내에 대한 그리움이 좀 더 적극적으로 드러나 있다. 그렇다. "가슴에 별 하나를 묻었다"(「별 하나」)라고 할 때의 '별'은 사별한 아내를 가리킨다. 아직도 그에게는 "잠을 못 잔다 하니/팔 하나를 주욱 펴주고/여기 베고 자라"(「불면증」)고 하는 것이 사별한 아내이다.

이상의 논의에서도 알 수 있듯이 그의 시에는 이들 두 여자에 대한 그리움이 충만하다. 그리움이 충만하다는 것은 사랑이 충만하다는 것이기도 하다. 그렇다. 충만한 그리움만큼 충만한 사랑을 갖고 있는 것이 그이다. "나뭇가지 위에 수놓은 달빛/달빛 속에 숨은 얼굴/그 얼굴 보"(「어떤 사랑」)기를 포기하지 않고 있는 것이 그라는 것이다. 물론 그는 자신이 "밤 새워 흘린 눈물 속에" "사랑이 들어 있다"(「아, 내 사랑」)는 것을 잘 알고 있다.

한편으로는 "어느덧 상처가 아물고 있네요" "이젠 사랑할래요/그냥 사랑하면서 살래요"(「이제 사랑할 수 있어요」)라고 노래하기도 하는 것이 그이다. 그가 어서 빨리 "파도에 부딪혀 올라온 햇살이/하얀 포말을 그린다/지난겨울 내내 꿈을 키운 봄빛/야훼나무 잎새 위에서/더욱 싱그럽다"(「장사도에서」)라는 자신의 시 구절처럼 나날의 삶을 긍정적으로 노래할 수 있기를 빈다.